...y maestros:

¡Es muy emocionante que un niño comience a leer! Crear un ambiente positivo y seguro para practicar la lectura es importante para animar a los niños a cultivar el amor por ella.

RECUERDE: ¡LOS ELOGIOS SON GRANDES MOTIVADORES!

Ejemplos de elogios para lectores principiantes:

• ¡Tu dedo coincidió con cada palabra que leíste!
• Me gusta la forma en que usaste la imagen para ayudarte a entender esa palabra.
• Me encanta pasar tiempo contigo y escucharte leer.

¡Ayudas para el lector!

Estos son algunos recordatorios para antes de leer el texto:

• Señala con cuidado cada palabra que leas para que lo que dices coincida con lo que está impreso.

• Mira las imágenes del libro antes de leerlo para que notes los detalles en las ilustraciones. Usa las pistas que te dan las imágenes para entender las palabras de la historia.

• Prepara tu boca para decir el sonido inicial de una palabra y ayudarte a entender las palabras de la historia.

Palabras que debes
conocer antes de empezar

árbol de Navidad

conejito de Pascua

invierno

lago

otoño

pastel de calabaza

primavera

verano

Un año de diversión

De Carl Nino

Ilustrado por
Chiara Fiorentino

Rourke
Educational Media

rourkeeducationalmedia.com

Salimos a buscar huevos.

Hola, conejito de Pascua.

Es verano.

¡Vamos a acampar!

Nadamos en el lago.

Cantamos canciones.

11

Es otoño.

¡Es el Día de Acción de Gracias!

Vemos a nuestra familia.

Comemos pavo y pastel de calabaza.

Es invierno.

¡La Navidad está aquí!

Decoramos el árbol
de Navidad.

Recibimos regalos.

Las fiestas son divertidas.

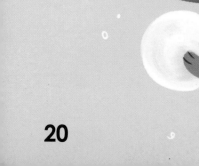

Nos gustan todas las estaciones.

Ayudas para el lector

Sé...

1. ¿En qué estación es la Pascua?

2. ¿Qué hacemos en la Pascua?

3. ¿En qué estación es Navidad?

Pienso...

1. ¿Qué es lo que más te gusta hacer en verano?

2. ¿Qué es lo que más te gusta hacer en otoño?

3. ¿Cuáles son tus fiestas favoritas?

Ayudas para el lector

¿Qué pasó en este libro?

Mira cada imagen y di qué estaba pasando.

Sobre el autor

Carl Nino es un ávido lector y le encanta escribir sobre todo tipo de cosas. Le fascina viajar y trata de visitar tantos países como puede. Le gusta aprender sobre diferentes culturas y tradiciones en todo el mundo.

Sobre la ilustradora

Chiara Fiorentino es una ilustradora infantil nacida en el campo italiano. Le fascinan profundamente las criaturas subacuáticas y los animales enigmáticos. Cuando no está dibujando, le encanta dar paseos largos, tejer a mano o tomarse un descanso para charlar con sus amigos.

Library of Congress PCN Data

Un año de diversión / Carl Nino
ISBN 978-1-64156-350-5 (hard cover - spanish)
ISBN 978-1-64156-038-2 (soft cover - spanish)
ISBN 978-1-64156-114-3 (e-Book - spanish)
ISBN 978-1-68342-707-0 (hard cover - english)(alk.paper)
ISBN 978-1-68342-759-9 (soft cover - english)
ISBN 978-1-68342-811-4 (e-Book - english)
Library of Congress Control Number: 2017935353

Rourke Educational Media
Printed in the United States of America,
North Mankato, Minnesota

Editado por: Debra Ankiel
Dirección de arte y plantilla por: Rhea Magaro-Wallace
Ilustraciones de tapa e interiores por: Chiara Fiorentino
Traducción: Santiago Ochoa
Edición en español: Base Tres

5